비천한 빠름이여

비천한 빠름이여

한영옥 시집

문학동네

자서

　홍건하도록 도처가 卑賤하다. 견딘다. 꽉 움켜쥐었던 시간을 스르륵 풀
어준다. 飛天이 되도록 애쓴다. 또 견딘다. 이때쯤 '시' 가 싹트곤 하였다.
"시는 나의 닻" (김수영)이라는 구절 밑에다 "시는 나의 卑賤·飛天" 이라고
쓸 수밖에 없다.

2001년 가을

한영옥

차례

자서

1부

1부

이번 봄

이번 봄, 꽃 좋은 봄은
지난 봄 될 것이다

이번 사랑, 잘 도는 아지랑이도
지난 사랑 될 것이다

지난 봄 꽃이 더 탐스러웠다고
되뇌이는 이들은 많이 보았지만

지난 사랑이 더 어지러웠다고
지난 시절로 쓰러지는 이들은
많지 않았다

이번 사랑만이 격랑이다
흔들리는 이마를 다잡으려고
봄 창에 눌러대는 이들,
창들이 샛노랗다.

연두 꽃에서 비롯된

함께 쳐다본 그것들의 윤곽

또록또록 살아나는 것을

환하게 본 그후로는

함께 보아야만 보인다는

내 시선의 투정에 시달린다

혼자서 보는 모든 것들은

이제 믿기지가 않는다

시들시들한 그것들

흐릿하게 돌아앉는 그것들을

또록또록 돌려놓기 위하여서는

너의 시선이 필요하게 된 것이다

함께 오라고, 함께 오라고

주목나무 연두 꽃

대추나무 연두 꽃

잎겨드랑이에 제 빛깔 묻어

아슴푸레해진 윤곽을

나 혼자서는 집어낼 수가 없게 되었다

네 시선 위에서만 살아나는

내 시선의 연둣빛

연두 꽃에서 비롯된.

正名

쥐똥나무가
쥐똥나무일 때를
제대로 읽기 위하여서는
섣불리 쥐똥나무꽃 향기에 주저앉지 말고
적어도 11월까지는 금의 침묵을 꽉 문 채로
너무 헤프게 웃지 않는 것이 좋다
쥐똥으로 맺힌 열매 힘없이 떨어져
또그르르 구르는 뒤를 한참 따라붙었다가
굽은 허리를 펴는 순간,
물기 없는 바람에 살을 긁히기까지는
쥐똥나무라는 이름은 개운치 않다

긁힌 살 자국을 쓱쓱 지우고 둘러보면
쥐똥나무는 먼저 제 이름을 지워버렸다
어디론가 쥐똥들은 자취없이 굴러가버리고
쥐똥나무였던 쥐똥나무만 우두커니 서 있다
민망스런 몸을 질질 끌어다

허공 동굴에 꾸겨넣는 세상 것들이여
이름이 버린 육체들이 여기저기서 주저앉는다
正名의 지난함이 폭설로 곧 오리라
다시 한번 이름들은 지워지리라, 흔적없이.

어떤 개인 날

나를 이루어낸 어떤 힘이
몹시 떨리는 걸 느낀다

두 손을 벽에 대고서야
창밖을 겨우 내다본다

저 수국꽃을 이룬 힘은
떨리는 것도 수국수국

저 상수리 잎새 만든 힘은
떨리는 것도 넙적넙적

나를 이루어낸 힘의 이 떨림은
나를 닮지 않았다

너무 오래 나를 피하여
숨어살아온 것이다

나를 만들었을 힘이여
내 것일 떨림이여

어떤 떨림이
어떤 힘이
어떤 개인 날, 조금 보이는
아, 어떤 개인 날의 은혜.

새벽 일기

평생 그와 손잡고 살리라고
그를 따라 새벽 언덕에 올랐다
오늘은 바람 셀 거야, 기미를 흘리며
새벽은 슷슷거리고, 굴러떨어질 듯
언덕빼기에 정차한 차들,
투신하는 듯 보이는데
나뭇가지 속 새집까지 흔들리는 흔들림을
보는 마음도 더이상 꽃피질 않을 것 같았다
새벽 입김 받아 나도 슷슷거리며
새집까지 흔들리고 있다고, 너무 어둡다고
그에게 말하려다 그만두었다
저만치 혼자 가면서 등을 들썩여
우리는 같이 가는 거라고 가는 그에게
돌부리를 놓지는 말아야지, 다짐하며
흔들리는 새집을 혼자 쓸어담았다
그에게도 혼자 쓸어담는 어떤 일이
있을 것임, 새벽 하늘 구름 속에 언뜻 보이고

한기가 속속 스며 덜덜 떨었다
동네로 접어들어서는 그와 나란히 갔다
온 밤 내내 켜 있었을 가등, 언저리에
뽀얗게 김 오르는 것 가리켜 보여주며
내내 같이 걸어갔다.

먼저 겪었다고

장대비, 모질게 쏟아져, 쏟아져
따뜻했던 꽃들 식은 끄트머리에
손 마디마디가 까질 듯 쓰라린데
누워 식은 꽃잎들, 누워서도 꽃답데
도르르 말리는 저릿한 품 애써 펴며
나중 쏟아져 내리는 꽃잎들 다독거리데
먼저 겪 었 다 고……

날 바라보는 널, 나도 바라본다

슬며시 내밀어주는 네 밀국수 사발에
가라앉은 몇 알갱이 이야기, 건져 먹다가
그릇째 들어 전부 마셔버리고
아까부터 날 바라보는 널, 나도 바라본다
이만하면 오늘 저녁, 잘 저물겠다
저만치 검푸른 산 겹겹한 데서
간혹 불어오는 바람 몇 알갱이에
밀국수 빛깔이 스민다.

봄, 내력

아주 먼 곳에서
긴 긴 신음이 새고 있다
마지막 남은 이파리들 떨어댄다
저들은 누구일까, 어떻게 안아줄까
아, 아직은 얼기설기 남은 단풍 때
저들에게 가봐야 한다
깊은 웅덩이에 빠진 듯
살려줘 살려줘 허우적거리는 소리
점점 가까이 오고 있다
저들이 누구란 말인가
왜 이리 불쌍해진단 말인가
남은 단풍 화관으로 쓰고
여자는 떠나고야 만다
제 옆구리에서 터져
무한 허공으로 퍼져간 소리
긴 긴 신음으로 돌아오는 겨울 입구에서
여자는 미리 얼려둔 강물 타고

죽죽 미끄러지며 한참을 찾아간다
잎사귀 겹겹 누운 얼음길이 폭신하다
여자가 내려서자 강은 스르륵 풀리고
여자는 돌아갈 수 없게 된다
이 신음 저 신음 눌러 끄다가
그냥 덜미 잡혀 사는 그곳,
거기서 봄날이 일어나곤 했다.

어머니가 계시다

저쯤에서 억새풀 풀풀 끼고
걸어오시는 어머니
걸음이 성글다
무척 기울어지신다
아픈 눈길 거두고 억새풀 본다
억새풀 보다가 먼산 본다
힘없이 지나치는 햇살 잡고
산봉우리 우는 것, 보고 말았다

어머니 내 앞으로 다 걸어오신다
지나치실까봐 꽉 부여잡고서
먼 산봉우리 우는 것 마저 듣는다
어머니 머리칼 많이 성글다
찬바람 든 무릎 삐걱이신다
가시지 못하게 꽉 끌어안는다
아, 달고 뜨거운 어머니, 어머니가 계시다.

꽃사과, 메모리

시방 끊어진 전화
네가 한 것 같구나
그래 엄마다
나, 집에 있다
옥상에 꽃 보러 갔었다……
어머니의 메모리는
다른 메모리에 섞이지 않는다
또글또글한 꽃사과 알갱이로
딴 목소리들 헤치고
혼자 굴러나온다
혀끝에 가져가 대면
슴슴한 맛으로 고이다가
메모리 끝나면
강엿으로 굳는다.

맛있었던 것들

실한 풋고추들이 쪼개져 있었다
쪼개진 풋고추 처음 보여준 사람은
고추전 잘 부치시는 우리 어머니
풋고추 싱그럽게 채반 가득한 꿈이
아침나절 덮어와 어머니 곁에 왔다

함께 기우는 목숨 언저리 햇살
한껏 잡아당겨 서로를
찬찬히 눈여겨두는
나물 그득한 점심이 달다

내가 아는 모든 것, 어머니가
처음으로 비춰준 것들이었다
떠나서 배운 이 골목 저 골목은
끌고 다니며 발길질만 했다
두 눈 가리우고 끌려다녀
어디가 어디인지 하나도 모른다

이제야 눈가리개 풀고
어머니, 맛있게 잡수시는 곁에서
맛있었던 知識들 햇살 채반에 널어본다
모조리 어머니가 먹여주신 것들이다

다시 나는 끌려다닐 것이다
다만 여기 이 점심이,
죽을 것 같은 날짜를 덮어주리라고
어머니 곁에 앉은 김에 꾹꾹 먹는다.

달나라에서 온 눈

벼랑 산에 눈 내리고
벼랑 산에 뿌리 둔 나무
포근해진다
터진 나무 살 기워주고
다시 가볍게 날아가는 눈송이

창 안쪽에도 눈 내려
월광 1악장이 눅진해진다
소리 켜마다 빛을 뿌리는 눈
맑은 달빛이 바닥에 가라앉는다
아무 소리도 들리지 않는다

사물들과 그림자가
섬세하게 엉긴다
메마른 윤곽들 눅진해지자
달빛 끌고 다시 달나라 가는
기쁜 눈송이들.

한 고백의 곁

꽃들 숨가쁘게 솟는 화원에서
막막한 석회질 흘리는 그의 고백
잘 닦은 은대접처럼 반짝인다
고백의 은대접 에워싸는 꽃이파리
겹겹 헤아리는 나의 침묵은 달다
(모든 고백 속에 우리 고백이 있다)
살펴보면 산발하고 지나가던 바람
아주 꼼꼼하게 우리를 엮고 있었다
꽃송이들 그래서 솟았을 것이다
막막한 석회질 쏟는 한 고백에 업혀
나의 고백이 순하게 잠드는 여름밤
한 사나흘간의 분기탱천이 뚝! 그치는.

그날

그날 그곳의 마을버스 정류장은
기다리는 사람조차 없이
무서운 폐허 위에 내던져져 있었다
나 혼자 벌판에 있다고 중얼거리며
오지 않는 마을버스 기다리다가
울음 터질 것만 같아 뒤돌아 섰는데
어느샌가 등뒤로 늘어선 사람들이
푸근하게 눈 맞고 있었다
사람들이 하얗게 피어 있었다
오후 세시쯤,
연한 바람자락 스치고
포근한 폭설이 있던 그날
나의 기다림이
다른 사람의 기다림 속에도
앉아 있는 걸 보았다
나의 그리움이
다른 사람의 그리움 속에도

스멀대는 걸 보았다
깨달음이 솜사탕 같았던 그날
동여맨 목도리 풀고
폭설 꽃밭에 한참을 잘 서 있었다.

비단결 같은 바다

품고 간 책 낯선 곳, 낯선 방에 풀었다
아무리 큰 차이점도 조그만 유사점만큼
중요할 수 없다고, 따라서 읽었다

안경을 닦아 끼고서
낯선 바닷가를 천천히 걸었다
울울한 대나무들 설피설피
달걀빛 수선화들은 조붓하였다

대나무들은 씩씩하고
수선화 송이들은 애처롭고

다섯시 반쯤이었다
남쪽 나라, 애절한 겨울 저녁엔
대나무도, 수선화도 쓰러지고 있었다
한숨 소리가 똑같았다

한 자락 한숨에 또 한 자락이 스밀 때
밤으로 드는 바다는 비단결 입었다.

그렇게 새잎 돋는다

오만하게
빗줄기 획획 긋고 간 뒤
찢어진 살에 입술 대고
나무들은 서로 후후 분다
자세히 말하자면
심하게 부들거리는 나무
그럭저럭인 나무
겨우 몸짓뿐인 나무
제 나름의 최선이었다
있는 대로 입김을 풀어
순한 발 디딤 소리 나지막이 섞으며
그렇게 숲은 숨결을 고른다
자세히 보노라면
꽃 잃은 나무
열매 떨군 나무
뿌리 벗겨진 나무
서로 무안하지 않도록

모르는 척 덮어주고 있다

그렇게 산들바람 분다

이윽고 힘닿는 대로

남은 빗물 털어주며

다같이 황혼을 두르는 나무들

가지 끝이 활활 타오른다

끝까지 쓰다듬다가

타오르는 섬세한 사랑

그렇게 가지 끝에 새잎 돋는다.

10월의 눈물

10월의 눈물은
잘 여문 과실 즙으로
주루룩 흘러야 한다

다른 것, 그만 그리워하고
스스로 그리움 되어야 하는 정신,
한 소쿠리 따 담은 뒤
깊이 파내린 움구덩이에
뚝뚝 떨궈두어야 한다

그만큼 바람 속에 내어놓고
그만큼 땡볕 속에 내어놓고
나 스스로 나를 울렸으면
이젠 드높은 그리움 되어야 한다

여문 알밤 잘 갈무리해놓고
천리향, 만리향으로 퍼져가야 한다

그 누구건 좋다
정결한 한 손바닥 위에
확실한 수확으로 놓여야 한다

길게 눈물이 흐른다.

분꽃, 저녁

분 바르고 분꽃 피었다
연지 찍고 분꽃 피었다
저녁 쌀 씻으러 가자
바가지 우물가 쌀 씻는
새색시, 어머니 입술에 물린
분꽃 꽁댕이에 나는 있었을까
단숨에 사르륵 빨려갔을까
분꽃 피는 저녁 황홀, 낯익어라

늦도록 분꽃 꽁댕이 빨며
먼 마을에서 저녁밥 먹는 네게
이리 와요, 이리 와요
적막을 휘저으며 시늉한다
이 시늉의 서러움도
무척 낯익어라.

변명

자줏빛 목련화 삼 면 가득 흔들리는,
한 면은 허허로운 신작로에 닿은
알 수 없는 풍경 속에서 살았다고 말하면
그걸로 궁색한 변명이 될 것 같네
꽃나무가 다 가려주지 못한 한 귀퉁이 때문에
사는 동안 안주할 수 없었노라고,
안주하는 영혼들 부러움 없이 바라보다가
다시 나서지 않으면 죽을 것만 같았다 말하려네
달아나는 길 눌러 밟으며 안개 속 스척스척 걷다가는
자목련화 다 떨어진 허방 속에서 흐느껴 울곤 했던
청승맞은 마음살이 아니었더면
눈물기름 몇 방울 얻을 수 없었을 것이라고,
이 희미한 불빛조차 밝힐 수 없었을 것이라고
깊이 고개 떨구고 또박또박 말하려네.

네 빛깔, 참 좋았다

"오 분 전에 음악 다실에 올라가
아직 도착하지 않은 너를 기다리다
다시 나무 계단 밟아 거리에 섰다
세시부터 내리기 시작한 눈발
밤 깊은 시간까지 끊이지 않아
쉽게 올 수 없으리라는
넉넉한 마음자리 펼쳐놓고서
儀式을 거행하듯 한 방향만 응시했다
이토록 반짝이는 눈은 처음이었다
네가 입고 올 눈은 더욱 반짝일 것이다
이제야 네 빛깔을 보려는가보다
시간은 넘고 넘었지만
내 마음 더욱 경건해지고 있었으니
한 儀式에서의 중요한 역할처럼
우산을 천천히 치켜 썼을 때
저만치서 뛰어오는 너는
믿을 수 없는 기적이었다

수북이 눈 쌓인 우산을 버리고
네 찬 손을 으스러지게 쥐었다"고
천천히 회고된 그해 겨울은
네 빛깔이 참 좋았다.

언젠가 말하게 될 때

내 몸과 마음 잘 담아주는 그곳
지금 불현듯 그립습니다
그곳엔 비스듬히 벼랑 산
잘 들어와 놀고 있을 것입니다
손닿을 수 없는 산딸기나무
혼자 잎 돋고 혼자 꽃 피는 것
아득하게 출렁이겠지요
벌레가 끼는지 열매는 충실한지
그런 자세한 내막은 모르는 채
그리스 여자의, 또는 흑인 여자의
목소리가 만드는 노래의 정원으로
벼랑을 손짓하여 같이 놀곤 했습니다
지금 어디 가고 있는데
그곳이 이렇듯 보고 싶습니다
내일이면 그곳에게 갈 텐데,
나 없는 동안 그곳이 스러질 것 같은
두려움을 나는 느끼는가봅니다

세상에 나하고만 놀아주는
그런 어떤 오붓한 것이
내게도 없지는 않았노라고
언젠가 말하게 될 때, 말할 거리를
꽤나 만들어두고 싶은가봅니다.

떠올려다오

나, 지금 사랑하고 있는 중인데
네가 등뒤에서 오는 그때
차오른 사랑을 매만지는 중이었는데
획, 돌아서서 너는 가버리고
나는 너를 뒤쫓지 못했다
흥건히 고인 눈물 다 쏟아지고
네가 조금씩 가버리는 중이라는 확신
다시 흥건히 고여들었다
너는 넘치는 사랑 끝없이 바라고
나의 사랑은 어렵게 흘러가려 한다
엿물처럼 끈끈하게 간신히 흐르는,
흐름의 고통을 쉽게 밟지 말아다오
굳어버릴까, 말랑말랑해질까
뒤척이는 밤이 떨어뜨린 사랑의,
별꽃을 총총히 떠올려다오
내 사랑은 한 솥 가득 괴어올라
위태롭게 흔들리길 마다하여

조금씩 떠버리며 떠버리며
국자를 움켜쥔 채 울먹거린다.

막연한 생각만이

포근히 감싸안을 수 있으리라는
또 그렇게 안길 수 있으리라는
막연한 따뜻함, 막연한 기쁨이 눈발처럼 쏟아지고
눈발 속 거닐면 흥건히 젖는 마음
나뭇가쟁이마다 올라앉아 눈꽃이 되었네
막연한 생각만이 그렇게 눈꽃이 되었네

사람은 사람을 다 감싸지 못한다는
사람은 사람에게 다 감싸일 수 없다는
분명한 글씨, 분명한 떨림이 톱밥처럼 잘려 떨어지고
톱밥 거둬 불 지피면 불꽃은 피지 않고
매캐한 연기만 올라와 목구멍을 쑤셨네
분명한 글씨들은 언제나 목구멍을 쑤셨네.

2부

벌써 사랑이

벌써 사랑이 썩으며 걸어가네
벌써 걸음이 병들어 절룩거리네
그나마 더는 못 걷고 앙상한 수양버들 아래
수양버들 이파리 수북한 자리에 털썩 눕네
누운 키 커 보이더니 점점 줄어드네
병든 사랑은 아무도 돌볼 수가 없다네
돌볼수록 썩어가기 때문에
누구도 손대지 못하고 쳐다만 볼 뿐이네
졸아든 사랑, 거미줄 몇 가닥으로 남아 파들거리네
사랑이 몇 가닥 물질의, 물질적 팽창이었음을 보는
아아 늦은 저녁이여
머리를 탁탁 쳐서 남은 물질의
물질적 장난을 쏟아버리네
더 캄캄한 골목 가며 또 머리를 치네
마지막으로 물큰하게 쏟아지는
찬란한 가운데 토막, 사랑의 기억
더는 발길 받지 않는 막다른 골목까지 왔네.

그 생각이

"천군만마를 얻었다고 생각합니다"
이런 생각을 저벅저벅 끌고 밀어닥친
당신이 있었습니다
그날 말처럼 힝힝거리며 돌아온 나,
정녕 만 마리나 되는 말이었습니다
나, 그렇게 엄청나게 불어났었지요
저벅거리며 밤새워 만든 도시락이랑
눈물 젖은 편지랑 머리에 이고
동 트지도 않은 어둔 길목에 뛰어들었습니다
새벽 역에서 까칠한 당신 호호 불어
뽀얗게 녹여 보내려고요
아마 그 아침부터였겠지요
골목길 잘 쓸고 이웃에게 웃으며 인사하고
그렇게 맑아져 찰랑거리며 다녔던 게
한때 그렇게 나, 많이 있었습니다
천군만마를 얻었다고 생각한 당신 때문에,
지금은 나, 많이 줄었습니다

나를 제대로 키우지 못했어요
다 제 탓입니다, 안녕히 계십시오.

참혹

나,
너에게 열광적이었다
들끓는 보랏빛을
네 이마에
쏟아부었었다

조금 아까
네 이마에 붙은
열광을 떼어냈다

손끝이 화끈화끈하다
참혹하게 엉겅퀴꽃이
오그라붙었다
그윽하던 보랏빛 들판이
뭉개지고 있었다

아, 참혹하여라

이렇게 참혹을

주고받다니,

엉겅퀴꽃이 피딱지가 되다니.

양파자루에서 시작된,

내가 한 사랑이
뻘건 자루 속 양파처럼 누워 있다네
식탁 위에 내던져진 낯선 양파자루
내가 사다놓고도 떠오르지 않았네
무엇에 쓰려던 것인지, 어디서 산 것인지
저 큰 덩치를 어떻게 끌고 와서
하필 식탁 위에 내던져놓았는지
얼른 가닥 잡히지 않은 채로
그냥 방치된 뭉텅이의 괴기스러움,
내가 한 사랑도
버려져 저처럼 있는 것이네
지금부터 한참 갑갑하겠네
뻘건 자루가 멀뚱히 보네
저게, 내가 했다는 사랑이라는 게
저게, 양파덩어리라는 게
매끄럽게 떠오르지 않네
한참 딱하네, 한참 갑갑하네.

황야

넝쿨의 담쟁이는 저렇게 끝이다
벼랑 중간쯤에서
벼랑 하나를 넘지 못하고
숨을 덜컥 놓는 흉한 꼬락서니가
벌써 몇 해쩬가 흉흉하다
시간이 많을 줄 알았다고
탄식하는 네 마른 혓바닥에
죽으면서 불타던 斷末魔의
담쟁이 잎새를 놓아주리
한정없이 샘물은 솟지 않고
네 혀도 마냥 붉은 건 아니지
내 혓바닥도 말라서, 말라서
무너지는 풍경에 쭈그려 앉는구나
이제 지껄임도 죽고 그리움도 죽겠지
황야인 줄도 스스로 모르는, 드디어
행복에 겨운 황야가 되겠지.

만성적 절망

아주 오래된 절망이었을 것이다
이게 무어람, 이게 무어람
명치끝에 알 수 없었던 돌멩이,
너를 만나고 온 밤마다
막막한 석회질은 쌓여갔으리
그리고 오늘 드디어는 결정되었다
우리 사이의 병명이……
만성적 절망이라는 말이 걸어나와
우리 사이를 재빨리 결정해버렸다
이 병을 이겨내는 길은
되돌아서서 뛰어가면 되는 것
'우리' 라는 헛꿈을 깨면
우리의 병도 사라질 것 아닌가
뒷다리를 질질 끌면서
서럽게 우는 시늉도 하면서
저 찔레덤불 숲으로 사라질 것 아닌가
아무리 물을 주고 거름을 주어도

희망이 될 수 없는 우리가 낳은 절망
나 혼자 갈아엎는 좋은 예식 앞두고
벼랑 앞에서 목소리 다듬고 있는데
줄줄 울고 있는 주책없는 추억……
저 찔레덤불에 확 끼쳐가는 잠깐의 몸부림을
한심하도록 길게 끄는 교활한 추억.

이제 당신은, 아닙니다

내 그렇게도 기다리던 당신은
당신 속에 잠시 머물다 나갔습니다
이제 당신은, 아닙니다
다시 막막한 침묵 속으로 사르륵
몸을 녹여버린 당신 냄새를
2월 나뭇가지의 맨 끄트머리,
혹은 끄트머리에 앉았다 날아간
작은 새의 제일 작은 깃털,
남은 눈발에 하이얗게 질리다가
핑 도는 눈물 감추는 저녁 햇살
제일 마지막 자락쯤에서,
겨우 맡고 있습니다
내 그렇게도 바라던 당신이
잠시 머물다 가버린 텅 빈 당신이,
멍하니 쳐다보는 나의 몸 속에도
이미 나는 없습니다
우우우 당신과 나를 맴돌던 경멸이여

경멸을 털고 우리는 그곳으로 갔습니다
이제 꽃의 계절은 갔습니다만
팍팍한 치욕으로 마르는 이 시간
남김없이 잘 바스러질 때까지
무던히 견디며 寂滅을 꿈꾸럽니다
당신도 아닌 당신 그만 쿵쿵거리고.

그냥 날아간다네

사랑했던 시간은 사라지는데
허옇게 다 사라진 뒤에
그 벌겋던 시간을 뭐라 말할 것인가
벌판 나뭇가지 끝자락에 걸린
새의 작은 깃털, 새의 추억을 버리고
나는 이 나무의 이파리인가, 갸우뚱하는 것처럼
손수건만큼 남은 사랑은
나는 손수건인가봐 하고 팔랑 날아가리
줄줄 눈물 흐르던 시간이여
울창했던 얼굴의 꽃나무들이여
뭐라 말하며 사라져갈 것인가

사랑은 아무리 사랑에 가까워도
形象을 가질 수 없다네
그래서 사진 한 장 남지 않는다네
말을 기다리지 않고
깃털 하나는 그냥 날아간다네

손수건 한 장도 그냥 날아간다네
모든 쑥스러움을 쓱쓱 지우며,
뭐라 오물거리는 입술에 재갈 물리며……

용담꽃은 용담꽃 아니었다

당신은 당신 아니었다
흙담집 창호문 안에서
쏟아지는 눈발을 바라다보는
가만한 웃음 당신을
쏟아지는 눈발 속에서 보았다
눈발마다 묻어나는 그 웃음 따라가다
나는 그만 그 방에 들었다
그런데 마주친 당신은 당신 아니었다
당신 비슷하긴 했어도……

용담꽃은 용담꽃 아니었다
청보랏빛 입술에 산그늘을 걸치고
가을 풀섶으로 몸을 다 가린 용담꽃을
흔들리던 하루가 잦아드는 어스름에
나는 그만 꺾어들고 말았다
그런데 용담꽃은 용담꽃 아니었다
용담꽃 비슷하긴 했어도……

채양화를 모른다고

눈물 그렁그렁한 눈으로
눈물 떨어질 때까지 너를 바라보다가
"저 사람을 모른다"고 결국 말한다

어제를 모른다고 말하는 사람의
캄캄한 구절양장에 벌건 수수밥으로
덕지덕지 들러붙은 채양화, 한창

수수밥 지었으니 수수밥이나 먹고 가자
내일 아침은 수수밥을 모른다 하리
내일 아침에 채양화는 죽어 쏟아지리

"채양화를 모른다"고 또 고개 저으며
휘이휘이 어디론가 나는 갈 테지.

사랑의 사막

폐허를 이겨보자 하다가
결국 폐허로 걸어온 것이네
手順을 착착 밟아온 것이지
이렇게나 네가 바스라지다니
되짚으면 꿈부터 부스러기였지
모래들이 서걱이며 우리 몸에
들어차는 걸 모르지도 않았지
우리 때문에 사막은 넓어졌지만
우리 아니더라도 넓어질 거야
누군가도 모래 되는 것 딱히 모르고
여기까지 와 수북하게 무너질 거야
기껏 여기 오려고 우리 손잡은 셈이네
사랑의 기억을 잔인하게 벗겨
태양에게 벌겋게 바치는 이 누구인가
벌거벗은 기억, 한껏 오그라들다가
바삭바삭 아주 바스러지는군
다시 뜨는 태양은 태연하겠지만

'사랑의 사막' 과 '사막의 사랑' 은 달라
사막의 사랑은 사막을 용솟음치게 하지
사랑의 사막에선 들끓는 허연 독백이
창궐하며 으시시 일으키는 곰팡이밖에
아무것도 용솟음치지 못하지.

비천한 빠름이여

슴슴하기만 하던
한 목소리 어느 결에
아편이 되기까지는
양귀비꽃 피었다가
양귀비꽃 지는 것보다
빠르네

한 목소리가 스미지 않는 밤
구겨진 지폐 움켜쥐고
거리로 내달아서
한 목소리 사 피우려고
헤갈하며 떠다니기까지는
한 계절 휘도는 것보다
빠르네

슴슴한 겨울무 깎아 먹다가
느닷없이 장다리꽃 그리며

또다시 마음 바꾸는 마음이여

지친 꽃묶음 한 구비마다 내던지고
비척비척 일어서는 마음의,
비천한 관성이여
비천한 빠름이여.

아무개로 시드는

그는 아무도 아닌
이젠 아무개다
처음엔 아니었다
그는 도르래 우물이 있었던
조그만 초등학교를 흔들고
조그만 나를 마구 흔들었다
드높은 곳에서
드높은 펄럭임을 퍼부었다
뭔가 되어야지 하는 생각
그래서 넝쿨로 뻗었을 것이다
넝쿨이 힘을 잃어가고 차츰
그는 아무개가 되었을 것이다
오늘 문득 그가 지나간다
뿌우연 창 밖으로 획 지나간다
축대 덮은 시들한 담쟁이 보며
검은 커튼 혼자서만 흔들거린다
기껏 아무개로 시들시들해가는

비겁한 시간의 넝쿨.

병든 대추나무 이파리의 골목

그해 봄과 여름 사이에
동생은 우울증을 드러내고
우울증을 안고 병원 들어가고
나는 만나러 들어가서
살맛 단단히 잃은 그애 입에
상큼한 과일 조각 넣어주며
굳는다고 몸부림치는 몸, 쓸어내리다가
몸 아니라 마음 굳는 그애를 데리고
접어든, 여름 떠나려는 골목에서
이상한 대추나무 이파리를, 처음 보는
이파리를 멍하니 쳐다보았다
갈가리 찢어져 엉켜붙은 이파리들이
담장 밖으로 쏟아져내렸던 것이다
세상 칼날, 이리저리 피하지 못하고
미련한 가슴으로 되받다가 찢어져 엉킨
동생의 마음다발 쏟아져내렸던 것이다
병든 대추나무 이파리의 골목에서

냉정하게 떠나려는 여름의 식은 입술
한번 진하게 문지르고 싶은지, 햇빛이
꽤 오래 주춤거리고 있었다
그애를 다시 병원에 넣고 싶지 않아
나도 오래오래 주춤거려야 했던
병든 대추나무 이파리의 골목길,
그런 어쩔 길 없는 길이 있었다.

빛깔을 잃다

몇 살 적이었을까
아버지 등에 업힐 나이였다
앵두꽃 몽을몽을한 아랫집 잔치에 갔다가
댓돌에 놓인 요강 깨뜨리고
아뜩한 무서움에 짓눌려 마구 울었다
어머니는 곧바로 요강 사러 큰마을 가시고
아버지는 나를 업고 뒷동산에 오르셨다
그때 우리 동네는 살구꽃, 복숭아꽃 피는 마을
젊은 아버지 등에도 푸졌던 꽃 빛깔
처음 그렇게 꽃 빛깔 적셔주시고
아버지, 내내 한참을 겨울이셨다
오이디푸스 콤플렉스니 가부장제니
성근 지식이 내 서가에 퍼져가면서
아버지 내내 찔리기만 하셨다
찔린 자리 아물기도 전에 불현듯 가신 아버지
흰 발톱만 겨우 보여주시고는
세상 빛깔 다 쓸어담고 가셨을까

내내 빛깔 없는 계절, 나는 헤매인다
노랑 붓꽃, 보라 붓꽃 다 어디 갔을까
아버지, 언제 빛깔 돌려주실까.

물크러지는

세찬 비가 폭포처럼 쏟아지고
내다보이는 산벼랑이 줄줄 패인다
매달린 딸기송이들 저렇게 물크러진다
엿새 전부터 가슴 들쑤시던
도드라진 목소리가 사라진다
그저께 영월 들판 가다가 만난
딸기송이 훑어내리는 중에도
내내 저 산벼랑만을 떠올렸건만
오늘 비에 저 아릿함 다 쓸려간다
차라리 잘된 일이다
울먹했던 밥맛이 다시 돌겠다
애타게 하던 것 물크러지니
애타던 마음도 물크러지는구나
그래 그래, 편안한 일이다.

難堪

기어코 쏟아진
눈보라까지 뒤집어쓰면서
부드러운, 씨앗 떨구기 마땅한 곳을
애써 눈여기더니만, 눈 가장자리 풀리며
콘크리트 바닥으로 곤두박질친 홍시 하나
튀어나온 씨앗 두어 개 난감해한다
지나가던 사람의 손이
그 난감을 거두어주는 건
쉽고도 쉬운 일이건만
아무도 쉬운 일 하려 들지 않는다
누군가 거들어주길 바라던 일전의
그 난감했던 일, 겪었던 한 사람조차
으깨진 홍시를 덮고 가는 눈발 쓰고
바람처럼 으시시 쓸려갈 뿐이다
실로 난 감 하 다.

어떤 며칠

사랑 아니면 원수만 어른거리는
서슬 퍼런 며칠의 일기를 찢고
사랑 찾아
사랑하는 동생 찾아
맑은 동네 청주까지 가서
동생이 사주는 오리탕 먹는데도
원수만 또렷하여
사랑의 얼굴 바로 볼 수 없었다
돌아오는 겨울 산 그늘 아래서도
무참하게 원수의 서슬만 빛났다
산, 하얗고
산 너머 산
겹겹 하얗고
등성이마다 어루만져가며
부드러이 해는 넘어가는데
사랑이랄 것도
굳이 원수랄 것도 없을

그냥 저 풍경 부러웠다

적막을 고요히 깔면서 솟아나는

저 풍경 옆구리에 달고 얼마를 달리면

무심한 종이 한 장 마음에 덮일까

종착역 다 와가는 것 으시시하였다.

지금, 오늘

그토록 오래 네게 매달렸는데
굴욕조차 먼 네 눈빛으로 녹였는데
아주 오래 걸려 네게 입힐 옷 지어놓고
탐스런 몸피를 꿈꾸었는데
네가 없다니, 이제 와서
처음부터 너는 없었다고 하니

이리와봐, 용담꽃
이리와봐, 등꽃
이리와봐, 붓꽃

끊임 없는 설렘 퍼붓던 꽃들아
오래 잡아당기던 설렁줄
획 자르고 돌아서는 오늘,
이제 오늘의 기다림만 사련다

"꽃 사세요

꽃 사세요

이 꽃을 사 가시면

오늘이 활짝 피어납니다"

너희들 모조리 꺾어다 팔아

오늘의 기다림만 실하게 사려 한다.

훔친다

모든 속삭임은
단 한 사람에게로
반짝이며 흐른다는 깨달음과
내게는 속삭임이 닿지 않으리라는
예감이 언제나 축축했다

한 사람에게 잘 흐르고 있는
어떤 마음을 퍼다가
항아리에 몰래 담아놓고
나는 일평생 엿듣는다
과연 아무도 직접
말을 걸어오지 않으니,

오래 엿듣다보니
나, 그 어떤 마음의 한 송이 같다
꼭 내 뺨에 스미는 듯한
다감한 입김에

알았어요, 알았어요
나는 정말로 수줍다

누군가를 나는 훔친다
내가 그 한 송이였으면,

그 누군가는
오래 전에 사라졌다는
그런 언짢은 기별을
나는 몹시 기다린다.

그리워하는 흉내도 내야 하니

어제보다 희미하게 베꼈다
연락도 없고 연락도 안 되는 너
어지간히 희미해졌다만
고통없이 지울 수도 있다만
시간의 자취에 고인 냄새
먼 나중에 킁킁거리려고
오늘보다 희미해질 너를
내일도 베낄 것이다
휘돌아나가는 물결 속에
발목 적시고 사는 나날,
겨우 흉내로 살아야 하니
그중에 그리워하는 흉내는
빼놓을 수 없는 것이니
아주 지워버릴 수 없다
많고 많은 너 가운데 너 하나를,
꽃잎 다 떨어지고 꽃술마저
오그라붙는 것도 모르는 너

시 뮬 라 크 르, 겨 우 너 를.

집요한 結局

사랑하다
미워하다
소멸하다……
켜켜로 엿가락인 양 엉켜붙어
영문 모를 잠에 취한 사건들이
바람의 입맞춤 받고 부시시 일어나
덮고 자던 백지의 순결을 찢고
뾰족하게 솟아나는 두렵고 기쁜 찰나를
터진 바구니에 정신없이 퍼담는 사람들
가차없이 신열을 앓게 될 사람들
미워한다
사랑했다
사라진다……
한번 솟았던 것들의 꼬락서니라니
터진 바구니의 끈질긴 되풀이라니
집요한 結局이라니.

신통했던 시간, 사랑

험한 밤길 무서운 줄도 모르고
골목골목 미끄러지며 엎어지며
때로는 삭정이 뒹구는 겨울 벌판까지
함께 흘렀던 시간의 아득한 헤엄이여
어둠 속에서도 풀꽃들 꽃술까지 보이고
스멀대며 일어나는 아침도 미리 보였다
네가 누구인가 물을 겨를 없이
구름처럼 엉켜다니는 것만 신명났다
누구시지요, 알고 싶었을 때
우리 더는 흐르지 못하여
칼바람에 묶여버린 채
추억이 때리는 매 죽도록 맞았다
시퍼렇게 살 죽은 자리 눌러보면
꿈지락거리며 살아나는 물살들
신통했던 시간의 믿을 수 없는 헤엄이여
다시 칼바람에 묶여야 하는 징벌이여.

3부

이미 죽은 몸에서

결국 모든 것은 이미 죽었으며

이미 죽은 몸에서 느리게 자라나는
손톱, 발톱, 머리카락이 역사라고
느리게 읽어가다가 이 구절에
몸이 꽉 끼이고 말았다
나는 시체에서 자라는, 지루하게 자라는
손톱이야, 발톱이야……
자동적으로 재문맥화되는 순간
땅이 꺼질 듯 처량하였으나
이상하다, 곧 마음이 편해졌다
快快不樂이 희끄무레해졌다
아뜩하여 후다닥 깨어 앉은 밤,
아차 나는 그저 조금 자라는 머리칼이려니……
아무것도 두려워지지 않았다
아침을 기다린다, 그 모진 일과
당당하게 손잡을 것이다.

그런데, 오늘은

싸구려 미장원에 가서
촌스럽게 머리 자르고
굴러다니는 눈썹연필로
눈썹 끝 조금 올려붙이고
불량 주택이 대책없이 늘어선
뚝방길을 일없이 걷다보면
들러붙는 눈길들 무서웠지만
그렇게나마 쏘다니며
얼굴없이 스며드는 오랜 한 사람
훅, 끼쳐오는 방향을 쿵쿵거려야 했던,
그것이 내 청춘의 애절한 이력
향기 없는 질 나쁜 청춘 이후로
날마다 양질의 삶을 다짐했건만
어째서 하루 한 번씩은 흙탕물 썼을까
오늘 쓴 흙탕물은 너무 아뜩했다
나는 요긴하게 쓰일 데가 있는가
물음이 집요해지더니, 어떤 중요한 일에

나 자신도 나를 개입시키지 않으리라는
앙다짐이 백주대로에서 쏟아지는 것이었다
질 좋은 삶을 그리지 않은 적 없었건만.

무척 애는 쓰지만

매개의
욕망이 개입된

매개 없이는
불가능한

개입된 욕망
못 본 척하려고
무척 애는 쓰지만

마음을 전하는
몸의 물질적 흐늘거림
그 볼썽사나움을
눈감을 수 없네

어쩌자고
무너지는 언덕에 등 비볐는지

소의 깊은 울음들
낭자하다, 낭자하다

한때의 무늬들 찢어지고
무늬에 은밀히 박혔던
도깨비바늘 우수수 쏟아진다

그러나, 그렇다 하여도
매개 없이는
불가능한

따라서
개입된 욕망을
쓰다듬어주려고
무척 애는 쓰지만.

외롭지도 못하고, 의롭지도 못하고

나 네 옆에 있다, 쿡 박혀 있다
네가 생각하는 것보다 끔찍하게 가까이 있다
네가 헤프게 퍼내는 말 속에 나는 쑥 잠겨 있다
네가 말을 퍼올리는 순간
비칠했던 너의 입술, 내가 스며든 탓이다
네 두레박이 터지고 네 말이 줄줄 새는 것도
내가 떡 버티고 들어앉은 탓이다
나 오늘도 지긋지긋한 네 호언장담을
지그시 깨물었다가 퉤퉤 뱉어버렸다
너는 네가 생각하는 것보다 결코
외롭지 못하다, 의롭지도 못하다
터져 흐르며 여기 기웃 저기 기웃
날 매달고 싸돌아다니는 너,
나의 소원은 깨끗하게 너와 끊어지는 것
네 외로움과 의로움의 환상을 온전히 거덜내는 것.

내, 이것들을

내 이것들, 이 몹쓸 것들
그리워 애타는 그것으로
팽그르르 돌려놓으리라
흙먼지 안고 쏟아지는 소나기 같은
오래 담가둔 콩알처럼 부글거리는
이 고약한 것들아, 망할 것들아
한 땀 한 땀 미끈거리는 바늘
두터운 천조각에 죽을 듯 꽂으며
너희들이 꾸준히 끼쳐준 모멸을
이리저리 모아 붙여본다
모멸의 무늬, 괜찮다
모멸의 맛, 괜찮다
슬슬 어루만지다 너희들
냅다 후려쳐서 못 견디게 그리운,
복사꽃 피는 마을로 수놓으리라
이것들아, 이 민망한 것들아.

쌩한 가을

숨가쁘게 절벽을 타고 오르던
담쟁이 넝쿨의 호흡이 천천히
끝나가는 중이다, 빨개지면서
모가지를 한껏 뽑아낸다
맥박이 희미해질수록
빨강이 힘차게 명멸한다
절벽 아래서 마른나무 써는,
장작개비같이 마른 아저씨들이
나무 써는 소리에 빨강은
누렇게 풀어져 마지막 숨을 고른다
잠시 쉬던 톱날이 자격지심에
저 혼자 덜덜 떨고 있다
담쟁이 맥박은 아주 끊어진다
쌩한 바람 한 줄기가 돌연히
톱날을 어루고 달려가버린다
톱날의 자격지심이 날카롭다
빛나는 것을 날카롭게 내어미는

쌩한 가을, 맵다.

悽然

조용히
처연히
맨발등에
입 안 가득 고인
침을 뱉는다
철컥, 닫히는
크다란 쇠門
다시는 고개를
바로 들지 못할
그럴 일들이
두툼한 갈피를 갉으며
악착같이 숨어 있다
일어서려는 욕망과
무너지려는 욕망이
서로 침을 뱉지만
어쨌든 침은
벌건 발등에 떨어진다

벌건 발등이 받아야 할
그런 뜨겁고 쓰린 일들의
처연한 솟구침이 있다.

은밀했던 것들을 위하여

은밀한, 은밀한 눈빛으로 하 많은 이야길
대신한, 어느 거짓 같은 시간이 살풋 빠뜨린
따뜻한 달걀 하나씩 쥐어본 적이
우리에게 분명히 있었다고 보는데
마음이 착 달라붙는 사이까지는 아니더라도
잠깐 내리막길쯤에서 메꽃 몇 송이가
길바닥까지 기어나와 질려 있는 목숨
측은해서, 측은해서 못 견디겠다고
같이 중얼거렸던 여름 슬픔이
우리에게 분명히 무성했었다고 보는데
저기 저 달걀, 내팽개쳐져
길 복판에서 밟히는 밟힘을
꾹꾹 참아야 하는 난감한 날짜를
미리 넘겨다보며 살긴 사는데
안에 있었던 것이 밖으로 빠져나온
그 난처한 혐오감 덮어버릴 광목
한두 필이야 마련하고 살긴 사는데

그래도 우리 함께 중얼거린 시간

거짓 같아도 거짓은 아니었으면 하는데

꽃으로도 터뜨리지 않길 바라는데

막을 수 있으면 막았으면 하는데.

致命的

두툼하게 입혀주었던
그 규정을 이제는 풀어야지
생각하지 않아도 족할 만큼
너를 꽉 생각하였을 것이다
이제 막 꽃나무 밑 잠에서 일어나
강둑으로 몇 걸음 힘겹게 짚었다
앞 물결은 뒤 물결 만들며 없어지고
뒤 물결은 앞 물결 받는 시늉뿐이더니
빙빙 돌면서 너도 슬며시 없어졌다
네게 입혔던 반듯한 입성 한 벌만
휘이휘이 떠내려가고 있다
임자 없는 옷 한 벌 짓느라
오래도록 정신 팔고 품팔았다
고단하여 잠시 누웠던 꽃나무 밑 잠,
꽃봉오리가 터지며 나도 터졌다
치명적 도약이었다, 규정이 확 터졌다
풀어진 이마에서 쏟아지는 푸른 기억의

송곳에 한 번 더 깊숙이 찔린다.

겨울 벌판

이만큼 흐른 뒤에야
이만큼 떨어져서야
잘못했습니다
잘못했습니다
고개를 직각으로 꺾는
바싹 마른
지난가을 野菊의 모가지를
맨 먼저 탁, 꺾어버리는
아득한 곳에서 내달아온
매운 바람에게
휘익 — 휘익 종아리 맞는 것들
옆에 슬그머니 붙어서 있으려고
살 에는 겨울 벌판에 가곤 한다.

뭉크로부터 1

— 뱀파이어

너는 나의 애달픔

이 애달픔, 짓이겨버리려면

나 너를 먹을 수밖에 없다

내 치렁치렁한 머리칼 올올이 너의 피 부르는

장미나무 관 속보다 두렵고 황홀한 이 밤

보이는 것은 오직 너 하나뿐

이제 서서히 너를 파내려가겠다

저 관 속에 눕던 그날의 절망과 희망,

또 뒤범벅으로 끓는구나

이것아 나의 모진 애달픔아

사실은 나 네게 먹히는 것이다, 이것아.

뭉크로부터 2

— 멜랑콜리

내 마음 돌덩이 듬성듬성 내다박은 바다 한 끝이
그날은 불현듯 깊어지고 불현듯 너는 뛰어내렸다
멍멍하기만 하고 나는 너를 잡을 수 없었다
내 심장을 훑으며 뛰어나간 네 발자국마다
핏물이 고여 넘쳐 바다로 질질 흐르고
네가 끌고 들어간 하늘 자락이 벌겋게 젖는다
젖어가던 그 한 자락이 재빨리 내 몸을 덮쳤다
스르륵 내 몸은 삭아내리고 거기서 뭣이 피었다
멜랑콜리 꽃, 生涯 안쪽에선 가장 수려한 그 꽃.

뭉크로부터 3
—키스

캄캄한 돌덩이 되려고
몸부림친다
몸부림 끝나야
돌덩이 되는데
무작정 돌덩이 되겠다고
서로가 서로를
돌덩이로 앉히겠다고
몸부림을
시커멓게
몸부림을 친다.

눈물기름

읽은 책의 밑줄로부터
장밋빛 새벽 여섯시로부터
보랏빛 불안의 멍울로부터
새파란 겨울 냉이꽃으로부터
끙끙거리며 떨어진 눈물기름, 한 종지로
얼굴 마주 문지르며
나눠 웃고 싶은데, 나눠 울고 싶은데
이 눈물가까지 당신 데려오는 일
서산으로 해가 지듯 하지 않아

기름눈물 머리에 혼자 바르고
거꾸로 걸어봅니다
아득히 멀어져가는 뒷모습 보며
거꾸로 걸어봅니다
가까이 있던 당신, 실은 저토록 머나먼
옛날의 단 한 번 나타남이었습니다
단 한 번을 아슴푸레 보여주신 당신

빠르게 멀어져가십니다
빠르게 가실수록 고맙습니다
눈물기름에 충분히 녹아 계신 당신.

진실보다 먼저

쉬이 오지 못하게시리
밀어내면서
발길질하면서
더디, 더디이 오라는 전갈이
진실의 목쉰 테크닉이라면
서성대는 불안 속으로 뛰어와
더 서성이게 만드는 저 아른한
저녁 빛깔 힘 없는 바래임도
바로 그 테크닉인가요
테크닉에 나는 오래 시달린 것인가요

복숭아 냄샌지
장미 냄샌지
거기, 물큰한 꿈 냄새
이제 마구 온몸에 칠하고
거기 계신 거기께
그냥 곧장 엎어지고 싶어요

진실보다 먼저 뛰어가서
엎어지고 싶어요.

가시는 생각, 오시는 생각

저 생각이 제 몸 다녀가십니다
제 몸 고마웠다 하시며 가십니다
그리고 이 생각이 오셨습니다
가시는 생각과 오시는 생각이
제 몸 안에서 고요히 마주치셨습니다
제 몸은 여름 과실인 것 같았습니다

오시는 생각이 가시는 생각 떠밀지 않고
핥으며 수박 냄새, 참외 냄새 맡을 때
제 몸 다녀가신 모든 생각의 머리채
올올이 살아오릅니다

어쩔 수가 없습니다, 생각이 많습니다
찐득하게 엉겨붙지 않도록
몸 빗기는 마음 하나만 믿고 있지요
또하나의 생각을 받는 새로운 봄날,
울타리 아래 파란 냉이싹 그냥 못 두고

주섬주섬 또 보자기 펴고 맙니다.

그때도 나는

지난날 우글거리던 그 느낌들
어느 틈엔가 사라져갔다
흐느끼면서 사라졌을 것이다
그 많던 나, 없어진 것이다

흐느낌의 여운 쓰다듬으며
저녁 하늘빛으로 눈매 고친다

벼랑 담쟁이 넝쿨 헤쳐서
그악스런 뿌리를 떼어본다
삶의 의지는 무조건이려니
솟구친 새잎까지 눈을 높인다
무조건이라는 각성, 뜨끔뜨끔
뜨겁게 떠오르는 저녁,
이 저녁도 아주 저물겠지만
지금보다 느린 눈길이래도
그때도 새잎 따라 눈 높았으면

그땐 더 성글게 별 뜨겠지만
한 빛이라도 떠올라준다면
그때도 나는 살아 있는 것,
조금 나아질 수 있는 것.

내 생각을 먹는 너

날 먹어치우는 네가
누구인지 나는 모른다
싸리꽃 피면 싸리꽃 들고
옥수수 익으면 옥수수 들고
어깃어깃 찾아들어
내 생각과 바꿔 먹는 너
울먹한 감자 한 알을
목구멍으로 들이밀며
섧게 섧게 울게 하는 너
끊임없이 너는 있으니
네가 있을 것이라
이제 나는 믿는다
만나면 널 금방 알아볼 것이다
네가 먹은 내 생각
조팝, 조팝
조팝꽃으로 줄줄이 빠져나와
하얗게 피어 있을 것이니.

오래도록 떠도는

네게 어떤 의미로 떠오르기 싫어
너를 떠올리는 건 더욱 싫어
너를 죽은 붕어 취급하지 않을래
다만 의미로 솟구치려는 찰나,
폭풍 속 머리채 푼 아카시아 잎들이
맹렬하게 허공을 씻어 헹구는
뭐라 말할 수 없는 청결한 정열 속,
미친 아카시아 잎사귀 되어본 걸로
여기까지, 라는 말 탁 배앝을래
태어나지 않은 아이들 안고 또 업고
우글우글하게 定礎 아래로 오르고 싶어
암담한 빛깔, 네 눈길 끌고 가서
오래도록 떠도는 꿈으로 만들고
나도 거기쯤서 편안히 떠도는 꿈을
으스러지도록 꼭 붙잡을래.

물안개 속으로

그 강가의 물안개 속으로
싱싱하게 걸어 들어가보라
생각만큼 황홀하지도 않겠지만
생각만큼 위험하지도 않을 것이다
창가에서 그대 머릿속 강물은
무섭게 넘치고 물안개는 목을 감아
그대를 질식시킬 뿐이다
먼 곳 쳐다보며 창 안에서 시드는
그대의 답답한 그리움,
그렇게 시들어도 좋겠지만
슬슬 그 강가로 발걸음 옮겨보라
물안개 새벽을 몸 속에 구겨넣으면
부풀어오르며 일순 그대 깨달으리라
터질 듯한 기쁨 점차 늘어지며
갈대 잎새에 닿고 좀더 튀어
미루나무에 닿았다가 닿은 것들 끌고
더는 닿을 것 없는 곳으로 향하는 순례,

그대의 끝없이 열린 그리움이 잠시
물방울로 영근 이 사랑의 취약성
그러나 말할 수 없는 귀염성을.

울었던 여자들

사랑했던 여자들이
말 짱 하 다
눈주위가 벌겋게 부었던 그들이
고추잠자리와 함께
말 짱 하 다
마알간 몸으로 날기만 잘 나는,
울었던 여자들이 뚝 그친
울음강으로 보낸 위문편지들은
이제 소용없다
여자들은 즉시 즉시
침 발라 반송 우표를 붙인다
여자들 침 냄새가
벌판 가득 잘 퍼져나간다
풀뿌리들은 들큰하게 맛이 들고
울었던 여자들이 다
말 개 졌 다
고추잠자리와 함께

사뿐 사뿐 잘 나아간다.

흔들걸음이여

목메는 밥상에
힘겹도록 그득한 그리움의 반찬
버적버적 구겨넣고 울컥이다가
울컥이는 추억 토해내려고
꼭 그립다고는 할 수 없는
어떤 들국화, 아직 피지도 않는 곁에
하루 종일 서성이다가
또 한 상 목메는 밥상 덥썩 받고 말았다

여뀌꽃 알갱이로
희뜩하게 정갱이 감추고서
끝 안 보이는 방죽으로 내달았다
종아리가 아득하게 아려온다
흔들흔들 걷는 걸음이여
이제 한 그리움은 버려야겠는가
어느 그리움 가지려는가

들국화 신고서, 여뀌꽃 신고서
끝 안 보이는 방죽길 걷는
흔들걸음이여.

波動

한 해의 너덜대는 가장자리를
처참하게 헤집어내는
빗소리, 종소리 하도 날카로워
아스스 마음 베이고 있을 때
너의 목소리, 쏴아 밀려와서
누추한 날짜들 덮어주었다
푹신한 목소리 깔고 누워
따뜻하게 한잠 잘 자고서
눈 비비며 가뿐히 일어났다
어디쯤에서 목소리가 왔는지
어떤 연유로 목소리가 왔는지
당장엔 짚어가지 않으련다
꼿꼿하던 방의 공기들
깡충거리며 쫓아다니면서
솜이불 한 채 지어놓은 메모리
오래 깔아두련다
부시시 피는 꽃처럼

나를 일으킨 너의,
어디에선가 모락모락 오르는
명주실 波動을, 친친 감고서
저 폭설, 포악을 그예 뚫겠다.

深刻할 수 없다

이만하면 괜찮은 오늘이야
바람이 거칠거칠하지만
아침 꽃봉오리 그대로 있고

놀이터 아이들은
힘껏 햇빛 빨아먹으며
팽팽하게 놀고 있으니까

아버지 얼마만큼
잘 육탈하고 계시는지
무덤 속을 가만히 보았으면

이대로 나는 괜찮은 건지
나도 깊숙이 파보고 싶은데
(아버지도 나도 더 깊이는 안 된다)

오늘쯤이면 괜찮다

금단추처럼 반짝이던 아이들
아무 일 없이 제 집들로 간 모양

몸이든 정신이든 벌써 많이 왔으니
너무 깊은 칼질은 피해야지
살아가는 오늘, 더이상 深刻할 순 없지.

규정

꼭 당신이어야 할 까닭이 없이
지금 내게는 당신이지
나도 마침내 나일 필요는 없었지만
이렇듯 내게는 나이듯
이제 당신을 잡아두지 않으면
당신은 흩어져버릴 거야
마음이 튀어올라 떠돌아다니다
하얗게 질리며 떨어진 꽃잎 자리에서
애써 생각을 늘이고 있었지
떨어져 쌓인 이 마음 부스러기가
들러리 섰던 진짜 마음은 무엇일까
그러나 이제 더는 생각을 늘이지 못해
얇아진 생각은 끊어지고,
얇아지며 당신도 끊어질 테니까
그래서 꼭 당신일 까닭이 없이 당신이지
하얗게 꽃 진 자리 쳐다보며 당신을 묶고 있어
떨면서 떨면서 꽁꽁 묶고 있어.

중력의 사랑을 맛본다는 것

정끝별(시인·문학평론가)

『비천한 빠름이여』는 한영옥 시인의 네번째 시집이다. 이 시집을 읽고 가장 먼저 떠오른 단어는 '중력' 이었다. 중력은 이 땅에 발붙일 수 있음의 생존 근거이다. 동시에 발 뗄 수 없음의 숙명적 조건이기도 하다. 중력 때문에 무수한 관계 맺기를 해야 하며, 또 중력 때문에 위태로운 중심잡기를 해야 한다. 중력은 존재를 실존에 이어붙이는 접착의 힘이다. 지평선에 의한 속박인 동시에 높이에 대한 그리움의 표상이다. 이 수직성을 실존이라 부른 이가 메를로 퐁티였는지는 정확치 않다. 존재는 세계 앞에 똑바로 서 있되, 무수한 관계를 껴안고 서 있어야 한다. 중력 안에 있는 모든 존재는 긍정적인 것과 부정적인 것, 보이는 것과 보이지 않는 것의 양면적인 구조를 지닌다. 그것들은 경계가 아니라 접촉에 의해 지탱하고 서 있다. 존재의 실존을 일깨워내는 이 중력의 수직성이야말로 한영옥 시인의 시정신을 단적으로 보여준다. 그러니 중력 체감하기, 중력 바라보기, 중력 견뎌내기쯤으로 그의 시세계를 얘기할 수 있지 않을까.

이번 시집은 인식과 서정을 아우르는 내면적 성찰에 기울고 있다. 그 점에서 이전 시집들의 연장선상에 있다. 시인 한영옥이 체감하는 중력의 강도는 세계를 향한 자신의 내면을 묘사할 때 드러나곤 한다. 그에게 시란 세계를 인식하는 언어적 프리즘이며, 일상적 내면을 향한 성실한 성찰과 반성의 기록이다. 그러기에 그는 특정 테마나 특정 방법론에 천착해 시를 '만들기' 보다는, 자연스런 어조와 호흡으로 '뱉어낸다'. 이는 감성적 중량과 집요한 심혼의 떨림을 담아내는 형용사화된 시어들(실제로 형용사를 비롯한 부사, 부호, 반복 등의 빈번한 활용)을 통해서도 감지된다.

1. 이름이 육체를 버렸으니……

시인은 시집 도처에서 온갖 불화에 시달린다. 주체와 타자 간의 갈등, 보이는 것과 보이지 않는 것 간의 균열을 읽어내고는 그 갈등과 균열의 틈을 메우려고 애쓴다. 타자 안에서 타자의 욕망에 대한 욕망을 통해 주체화된다고 말했던 이는 라캉이다. 타자화되는 과정에서 본래적인(무의식) 욕망과 타자화된(의식화된) 욕망은 때로 중첩되고 상응하기도 한다. 그러나 많은 경우에 서로 충돌하고 적대한다. 마치 이름과 사물, 시니피앙과 시니피에, 기호와 실재, 형식과 내용, 겉과 안이 서로 중첩되기도 하고 충돌하는 것처럼 말이다. 이렇듯 짝을 이루는 대립적 질서들이 빚어내는 미세한 균열에 온 촉각을 세우곤 하는 시인은, 언어(소리와 말)와 그것이 감추고 있을 의미 사이에서 서성인다.

쥐똥나무가
쥐똥나무일 때를
제대로 읽기 위하여서는
섣불리 쥐똥나무꽃 향기에 주저앉지 말고
적어도 11월까지는 금의 침묵을 꽉 문 채로
너무 헤프게 웃지 않는 것이 좋다
쥐똥으로 맺힌 열매 힘없이 떨어져
또그르르 구르는 뒤를 한참 따라붙었다가
굽은 허리를 펴는 순간,
물기 없는 바람에 살을 긁히기까지는

쥐똥나무라는 이름은 개운치 않다

긁힌 살 자국을 쓱쓱 지우고 둘러보면
쥐똥나무는 먼저 제 이름을 지워버렸다
어디론가 쥐똥들은 자취없이 굴러가버리고
쥐똥나무였던 쥐똥나무만 우두커니 서 있다
민망스런 몸을 질질 끌어다
허공 동굴에 꾸겨넣는 세상 것들이여
이름이 버린 육체들이 여기저기서 주저앉는다
正名의 지난함이 폭설로 곧 오리라
다시 한번 이름들은 지워지리라, 흔적없이.

—「正名」전문

존재를 그 자체로 '제대로 읽기' 위한 시인의 욕망은 집요
하다. 이 시에서는 정명(正名, 바른 이름 혹은 이름이 바르다)
의 지난함을 쥐똥나무를 통해 보여주고 있다. 존재와 언어
사이에는 언제나 틈이 있게 마련이다. 존재도 언어도 그만
큼 불완전하다. 우리가 '쥐똥나무'라고 이름할 때 그 이름에
합당한 쥐똥나무의 실체가 맞아떨어져야 정명일 것이다. 쥐
똥나무 향기만을, 쥐똥나무 열매만을, 쥐똥나무 가지만을
지시할 때 쥐똥나무의 이름은 완성되지 않는다. 쥐똥나무가

살아 있는 한 쥐똥나무는 늘 변화함으로써 제 이름을 지워버린다. 그러니 "쥐똥나무였던 쥐똥나무만 우두커니 서 있" 게 된다. 그러기에 시인은 쥐똥나무였던 쥐똥나무를 '민망스런 육체' 혹은 "이름이 버린 육체"라 하고, 늘 자취도 없이 쥐똥나무 이름들이 굴러가버리는 곳을 "허공 동굴"이라 하는 것이리라. '정명' 이라는 말은 개념적 언어와 실제 대상의 합일을 지향하는 인식론과, 규범적인 명분과 구체적 현실의 일치를 지향하는 공자적 명분론을 동시에 환기시킨다. 언어 (이름·형식·명분)가 존재(실질·육체·대상)와 만나지 못하면 공허한 언어가 되고 말 것이다. 그러나 언어가, 변화하는 육체를 향해 있는 한 정명이란 불가능하리라는 것과, 이름이 육체를 버리고 이름으로 남아 있는 한 정명일 수 없다는 깨달음을 계시하고 있다. 언어를 향한 철저한 부정의식과, 존재를 향한 도저한 허무의식이 엿보이는 대목이다.

꼭 당신이어야 할 까닭이 없이
지금 내게는 당신이지
나도 마침내 나일 필요는 없었지만
이렇듯 내게는 나이듯
이제 당신을 잡아두지 않으면
당신은 흩어져버릴 거야

마음이 튀어올라 떠돌아다니다
하얗게 질리며 떨어진 꽃잎 자리에서
애써 생각을 늘이고 있었지
떨어져 쌓인 이 마음 부스러기가
들러리 섰던 진짜 마음은 무엇일까
그러나 이제 더는 생각을 늘이지 못해
얇아진 생각은 끊어지고,
얇아지며 당신도 끊어질 테니까
그래서 꼭 당신일 까닭이 없이 당신이지
하얗게 꽃 진 자리 쳐다보며 당신을 묶고 있어
떨면서 떨면서 꽁꽁 묶고 있어.

—「규정」 전문

'규정'이라는 말은 미리 정해놓은 숱한 규칙과 표준 따위들을 떠올리게 한다. 이 시에서도 시인은 '규정'이라는 말을 통해, 보는 것이 보여지는 것을 틀 짓거나, 보이는 것과 보이지 않는 것이 어긋나는 단면들을 날카롭게 묘파하고 있다. "꼭 당신이어야 할 까닭이 없이 / 지금 내게는 당신"인 존재나, "마침내 나일 필요는 없었지만 / 이렇듯 내게는 나"인 존재는 모두 상황이 빚어낸 우연적인 존재들이다. 그렇다면 '꼭 당신이어야만 하는 (나의) 당신'이나 '마침내 나이어야

만 하는 (당신의) '나'는 어디로 가버렸단 말인가. 필연적인 존재들이 부재하는 이 자리를 차지한 지금의 우연적인 존재들은 그럼에도 불구하고 서로를 붙잡고 서 있다. 그렇게라도 '잡아두지' 않으면 이 우연적인 존재들은 흩어져버리고, 튀어올라 떠돌아다니고, 떨어져버리기 때문에 "떨면서 떨면서 꽁꽁 묶고 있"는 것이다. 시인은 이런 '규정'이 없으면 존재도 없어진다고 생각하는 듯하다.

"떨어져 쌓인 이 마음 부스러기"와 "들러리 섰던 진짜 마음"은 구별되어야 하는 것임에도 시인의 현실 속에서는 구별되지 않는다. 끊임없이 서로를 부르고 있기 때문이다. 우연과 규정과 존재를 동의어로 묶어버리는 시인의 싸안음은 넓고 깊고, 애처롭고 연민스럽다. 여전히 '나를 이루어낸 힘'은 '나'를 닮지 않았고(「어떤 개인 날」), "포근히 감싸안을 수 있으리라는/또 그렇게 안길 수 있으리라는/막연한 따뜻함, 막연한 기쁨"은 "사람을 다 감싸지 못한다는/사람은 사람에게 다 감싸일 수 없다는/분명한 글씨, 분명한 떨림"(「막연한 생각만이」)과 대치하고 있다. 이 불균형한 관계 속에서 기진맥진해진 시인의 영혼은, 내던져진 세계의 전체성을 형용사들과 감정들로 분출해내곤 하는 것이리라. 시인의 비극성과 허무의식의 뿌리는 여기에 있다.

2. 사랑이 시간이야?

함께 쳐다본 그것들의 윤곽
또록또록 살아나는 것을
환하게 본 그후로는
함께 보아야만 보인다는
내 시선의 투정에 시달린다
혼자서 보는 모든 것들은
이제 믿기지가 않는다
　　　　　　　—「연두 꽃에서 비롯된」 중에서

시인은 보는 것과 보여지는 것, 보이는 것과 보이지 않는
것들 간의 간극을 끊임없이 메우려 한다. 그런 의미에서 '함
께' 라는 부사와 '보다' 라는 술어는 중요하다. '함께' 는 둘
이상의 '보는' 주체를 일컫는 시어이다. 또한 '보여지는' 대
상의 시니피앙과 시니피에를 아우르는 겹눈적 시선을 일컫
는 시어이기도 하다. 그러니 주체와 객체의 어우러짐을, 객
체 안팎의 어우러짐을 욕망하는 시어인 셈이다. 함께 보았
을 때 세상은 "연두 꽃에서 비롯된" '환함' 을 발하게 된다.
이렇게 함께 본다는 것은 "나의 기다림이 / 다른 사람의 기다

림 속에도 / 앉아 있"고 "나의 그리움이 / 다른 사람의 그리움 속에도 / 스멀대는 걸 보"(「그날」)는 것이고, "사물들과 그림자가 / 섬세하게 엉"(「달나라에서 온 눈」)기는 것을 보는 것이고, "내 몸과 마음 잘 담아주는 그곳"(「언젠가 말하게 될 때」)을 그리워하는 것이다.

　'이름'과 '육체'로 대변되는 대립체계들을 한 궤로 엮고자 하는 시인의 욕망은 '함께'라는 부사에 의해 환기하는 정도였다면, '사랑'이라는 명사를 통해서는 보다 명료하게 천착하고 있다. '사랑'이라는 시어에 시인의 욕망을 쏟아붓고 있다고 해도 과언이 아니다 싶을 정도로 '사랑'이라는 시어는 자주 반복된다. 그러나, 한영옥 시인에게 사랑은 좌절된 욕망 좌표 혹은 그 흔적에 불과하다. 그의 사랑은 늘 변해 있고, 부패해 있다. 그래서 지금은 아니다. 그는 늘 사랑을 향해 스스로의 패배를 인정하곤 한다. 그에게 사랑은 바로 시간과 동의어이기 때문이다. 시간 앞에서 사랑인들 어찌할 도리가 있을 것인가.

　　벌써 사랑이 썩으며 걸어가네
　　벌써 걸음이 병들어 절룩거리네
　　그나마 더는 못 걷고 앙상한 수양버들 아래
　　수양버들 이파리 수북한 자리에 털썩 눕네

누운 키 커 보이더니 점점 줄어드네

병든 사랑은 아무도 돌볼 수가 없다네

돌볼수록 썩어가기 때문에

누구도 손대지 못하고 쳐다만 볼 뿐이네

졸아든 사랑, 거미줄 몇 가닥으로 남아 파들거리네

사랑이 몇 가닥 물질의, 물질적 팽창이었음을 보는

아아 늦은 저녁이여

머리를 탁탁 쳐서 남은 물질의

물질적 장난을 쏟아버리네

더 캄캄한 골목 가며 또 머리를 치네

마지막으로 물큰하게 쏟아지는

찬란한 가운데 토막, 사랑의 기억

더는 발길 받지 않는 막다른 골목까지 왔네.

—「벌써 사랑이」 전문

사랑은 썩고 병들어 급기야 누워버렸다. 시인은 썩어가고 졸아드는 사랑을 속수무책으로 쳐다볼 뿐이다. '지난' 이라는 형용사는, '벌써' 라는 부사와 '기억' 이라는 명사로 대치되는가 싶더니, 어느덧 "거미줄 몇 가닥으로 남아 파들거리"고 있다. 사랑의 기억까지 물큰하게 쏟아버리는 사랑에 대한 '막다른' 인식은 막막하다. 사랑은 언제나 움직임과 연결

되며, 동작이나 운동을 통해 시간성을 드러낸다. 그러니 "이번 봄, 꽃 좋은 봄은 / 지난봄 될 것이"고, "이번 사랑, 잘 도는 아지랑이도 / 지난 사랑 될 것이다"(「이번 봄」). 시간이 지나가고 사라지는 것이라면 사랑 또한 그럴 것이다. '이번'은 항상 '지난'을 거느리고 다닌다. 이 '지난'이라는 형용사에는 존재 자체의 유한성과 불완전성이 뭉쳐 있다.「먼저 겪었다고」에서도 꽃을 꽃이 아니게 하는 것은 장대비이고 시간이다. 그러나 여전히 떨어져 누운 꽃들을 꽃이게 하는 것은, '지난' 시간을 이겨낸 꽃의 마음이고 다독거림이다. "먼저 겪었다"는 다독거림만이 유일하게 시간을 견뎌내는 방법인지도 모른다.

덕이 덫이 되는 사랑, 생각이 규정이 되는 사랑, 기대가 감옥이 되는 사랑. 한영옥은 시집 도처에서 사랑의, 아니 시간의 아이러니컬한 폭력성을 폭로한다. 시간은 '사라지고' '날아간다'. 때문에 사랑은 결코 형상을 가질 수 없는 것이 되고, 말(언어)로 언표화할 수도 없다. '그냥'이라는 부사는 그 근거없음, 그 대책없음, 그 폭력성을 담고 있다(「그냥 날아간다네」). '보게' 하고 '따라가게' 하고 '듣게' 하는 것도 시간이고, '꺾어들게' 하는 것도 시간이다. 시간은 늘 모든 것들을 '(그것) 아니게' (「용담꽃은 용담꽃 아니었다」) 하곤 한다. 그러기에 '비천하게' 빠른 것이다.(「비천한 빠름이여」) 시간 혹은 사랑에 대한 시인의 태도는 이렇듯 연민과 허무가 지배적이다. 이러한 정서는 시인이 몸담고 있는 여성으로서의 현실적 조건과 맞물릴 때 시적 구체성이 증폭된다.

굳어버릴까, 말랑말랑해질까
뒤척이는 밤이 떨어뜨린 사랑의,
별꽃을 총총히 떠올려다오
내 사랑은 한 솥 가득 괴어올라
위태롭게 흔들리길 마다하여
조금씩 떠버리며 떠버리며
국자를 움켜쥔 채 울먹거린다.

—「떠올려다오」 중에서

내가 한 사랑도
버려져 저처럼 있는 것이네
지금부터 한참 갑갑하겠네
뻘건 자루가 멀뚱히 보네
저게, 내가 했다는 사랑이라는 게
저게, 양파덩어리라는 게
매끄럽게 떠오르지 않네
한참 딱하네, 한참 갑갑하네.

— 「양파자루에서 시작된,」 중에서

　시인 한영옥에게 사랑은 자신의 여성적 자아를 짓누르는 과잉의 넘침이다. 「떠올려다오」를 보자. "떠올려다오"의 '떠올림'과, "떠버리며"의 '떠버림' 사이에는 천길단애가 존재한다. 그것은 마치 시인의 이상과 현실 사이의 간극처럼 보이기도 한다. 떠올려질 수 있는 가능태의 주체도 사랑일 테지만, 떠버려지는 현실태의 주체 또한 사랑이다. 떠올릴 수 있는 사랑을 떠버릴 수밖에 없는 현실 한가운데서 시인의 언어들은 "국자를 움켜쥔 채" 위태롭게 울먹일 수밖에 없을 것이다. 「양파자루에서 시작된,」도 비슷한 모티프다. 부엌 한구석에 버려져 있는, 뻘건 양파자루에 갇혀 있는, 양파덩어리를 통해 시인은 자신의 사랑을 발견해낸다. 부엌 구석에 '버려진' 여성적 자아와 사랑, 시인 한영옥이 위치한 위태로운 현재 위치이다. '국자'나 '양파자루'는 시인에게 폭력을 일삼는 시간과 사랑에 대한 은유이자, 현실과 세계에 대한 은유인 셈이다.

3. 달고 뜨거운 어머니가 계시다

'육체'가 버린 '이름'을, '시간'이 지나가버린 '사랑'을 감지하고 다독거리는 시인의 감각은 미각과 촉각을 향해 열려 있다. 현대시가 시각적 이미지를 강조하면서 출발했다는 것은 주지의 사실이다. 그러다보니 우리 시에서 시각 이외의 미각이나 촉각의 활용은 드문 편이었다. 감각에도 거리가 있다. 그 거리는 촉각·미각·후각·청각·시각의 순으로 가깝다. 한영옥의 시에서 촉각과 미각의 활용이 두드러진 것은 세계를 보다 가까이, 보다 육체적으로, 여성적으로 인식해내려는 시인의 욕망이 반영된 결과일 것이다.

어머니의 메모리는
다른 메모리에 섞이지 않는다
또글또글한 꽃사과 알갱이로
딴 목소리들 헤치고
혼자 굴러나온다
혀끝에 가져가 대면
슴슴한 맛으로 고이다가
메모리 끝나면
강엿으로 굳는다.

—「꽃사과, 메모리」 중에서

이 시에서 '메모리'는 어머니가 남겨놓으신 전화 메시지를 지칭하는 것이겠지만, 더 넓게는 어머니에 대한 '기억' 전체를 의미한다. 어머니의 메모리가 다른 메모리와 섞이지 않는 것은, 그 메모리가 다른 메모리들과 불화하기 때문이 아니다. 그 메모리가 결코 다른 메모리들과 섞일 수 없는 독자성과 존엄성을 지녔기 때문이다. 어머니의 목소리는 "또 글또글한 꽃사과 알갱이로" "혼자 굴러" 가는 소리에 의해 시청각적으로 환기된다. 그리고는 "슴슴한 맛"에서 강엿의 '단맛'으로 전이되고 굳어짐으로써 미각·촉각·후각으로 환기된다. 짧은 구절임에도 오감각을 고루 활용하고 있다.

그의 시에서 '먹다'라는 술어는 주목을 요한다. "먹어치우는" "바꿔 먹는" "목구멍에 들이"미는 "먹는"(「내 생각을 먹는 너」) 따위가 바로 그것들이다. 시인에게 세계는 "목메는 밥상에 / 힘겹도록 그득한 그리움의 반찬"과 다르지 않다. 시인은 "하루 종일 서성이다가 / 또 한 상 목메는 밥상 덥썩 받고"는 "버적버적 구겨넣고 울컥이다가 / 울컥이는 추억 토해내려고" 먹곤 한다(「흔들걸음이여」). 주목할 대목은 이 '먹다'라는 술어가 근본적으로 '어머니'와 '단맛'을 향하고 있다는 점이다. 어머니는 무엇이든 맛있게 잡수시고 무엇이든 맛있게 먹여주시기에 달고, 죽을 것 같은 날들도 덮어주시기에 한없이 달다. 세상 모든 뜨거운 불에 고아지고 또 고아졌기에 달고, 세상 모든 바람에 잘 굳었기에 달다. "아, 달고 뜨거운 어머니. 어머니가 계시다"(「어머니가 계시다」)는 고백과 "겹겹 헤아리는 나의 침묵은 달다"(「한 고백의 곁」)는 고백은 여성적 자각을 통해 세상을 "한껏 잡아당"(「맛있었던 것들」)기려는 시인의 욕망을 반영한다.

이렇게 '맛'의 뿌리가 어머니에 닿아 있다는 것은, 라캉을 들먹이지 않더라도, 어머니의 공간이 인간의 가장 원초적인 욕망의 대상임을 증명해 보이는 대목이다. 시인의 무의식은 모체로부터 분리되어 나오면서 생기기 시작했던, '이름'이 버린 '육체'의 틈이나, '시간'이 지나가버린 '사랑'의 틈을 메우고자 한다. 즉 어머니의 영역으로 회귀하려는 무의식적 욕망이 주체와 객체의 거리가 없어지는 미각(특히 단맛)에 대한 편집증으로 나타나고 있는 것이다. 갈등하고 분열하는 모든 대립적 질서를 깨뜨리고자 하는 욕망의 모체가 어머니이며, 감각이 미각인 셈이다. "물크러진다"는 촉각도 마찬가지다.

세찬 비가 폭포처럼 쏟아지고
내다보이는 산벼랑이 줄줄 패인다

매달린 딸기송이들 저렇게 물크러진다

엿새 전부터 가슴 들쑤시던

도드라진 목소리가 사라진다

그저께 영월 들판 가다가 만난

딸기송이 훑어내리는 중에도

내내 저 산벼랑만을 떠올렸건만

오늘 비에 저 아릿함 다 쓸려간다

차라리 잘된 일이다

울먹했던 밥맛이 다시 돌겠다

애타게 하던 것 물크러지니

애타던 마음도 물크러지는구나

그래 그래, 편안한 일이다.

—「물크러지는」 전문

    딸기나 밥 따위의 먹을 것과 연결된 "물크러진다"라는 술어는 미각과 후각과 촉각을 동시에 환기한다. 이 '물크러짐'은 세찬 비나, 가슴 들쑤시던 목소리나, 아릿함이나 애탐 따위를 일시에 와해해버린다. 안팎의 모든 경계와 간극과 날섬과 딱딱함을 일시에 제거해버리는 술어이다. 그러니 물크러지면 편안해지는 것이리라. 이런 "물크러진다"라는 술어는 "너는 나의 애달픔 / 이 애달픔, 짓이겨버리려면 / 나 너를 먹을 수밖에 없다 / (……) / 이것아 나의 모진 애달픔아 / 사실은 나 네게 먹히는 것이다, 이것아"(「뭉크로부터 1 — 뱀파이어」)에서처럼, '짓이기다' 나 '먹다' 혹은 '먹히다' 라는 술어들과 상통하고, "복숭아 냄샌지 / 장미 냄샌지 / 거기, 물큰한 꿈 냄새"(「진실보다 먼저」)에서처럼 '물큰하다' 는 술어로 변용되기도 한다. 물크러진다는 것은 물렁물렁한 물질로의 회귀를 의미한다. 물렁물렁한 물질에는 늘 손상되지 않는, 그리고 손상되지 않을 힘이 내재해 있다. 고체이고 액체이고 기체이기도 한 그 원물질이 억압과 무게와 단절의 경계를 허무는 해체와 융화의 힘을 지니고 있는 것이다. 그러한 물크러짐의 촉각이 닿는 데가 바로 시인의 현실이자 시인의 미래임을 시인은 자각하고 있다. 이 또한 여성적 자각의 한 특징이기도 할 것이다.

시인 한영옥에게 시쓰기는 중력과의 싸움이고 중력과의 화해이다(중력이라는 말이 애매하다면 현실이라는 말로 치환하자). 중력은 '육체' 와 '이름' 으로 대별되는 모든 대립적 질서로부터 야기되는 불화이고 갈등이다. 그리고 '시간' 이기도 하고 '사랑' 이기도 한 이 중력은 비천하기 이를 데없이 빠르게 썩어간다. 또한 중력은 세상의 중심인 달고 뜨거운 어머니이기도 하다. 그의 시들은 이런 중력들을 견디며 벼랑처럼 외롭게, 위태롭게 서 있다. 그런 점에서 그의 시는 이 중력이 미치는 현실의 어떤 지점에서 발생하는 갈등과 화해의 기록들이고, 제어할 수 없는 열정이나 절대적인 순수가 세상에 받아들여지지 못하는 데서 발생하는 연민이나 안타까움의 파토스이다. 이 중력을 견디면서 돌파하는 그 과정 속에서 그의 언어는 발설되곤 한다.

문학동네 시집 59

비천한 빠름이여

ⓒ 한영옥 2001

1판 1쇄	2001년 11월 23일
1판 2쇄	2002년 1월 24일

지 은 이	한영옥
책임편집	김현정 조연주 장한맘 손미선
펴 낸 이	강병선
펴 낸 곳	(주)문학동네
출판등록	1993년 10월 22일 제22-188호

주 소	136-034 서울시 성북구 동소문동 4가 260번지 동소문빌딩 6층
전자우편	editor@munhak.com
	하이텔 : podo1
	천리안 : greenpen
전화번호	927-6790~5, 927-6751~2
팩 스	927-6753

ISBN 89-8281-439-6 02810

www.munhak.com